FRAGMENS

D'HOMŒOPATHIE,

COMPRENANT

L'HYGIÈNE ET LE RÉGIME,

LA MANIÈRE DE SE CONSULTER ET D'USER DES MÉDICAMENS

HOMŒOPATHIQUES,

PAR F. DESCHAMPS, D. M. P.

A TORIGNI,

Chez Th. FAUDEMER, Libraire, Relieur.

1843,

FRAGMENS

D'HOMOEOPATHIE,

COMPRENANT

L'HYGIÈNE ET LE RÉGIME,

LA MANIÈRE DE SE CONSULTER ET D'USER DES MÉDICAMENS

HOMOEOPATHIQUES

SAINT-LO,
Imprimerie de L. F. BRIAULT, rue Torteron.

1843.

FRAGMENS

D'HOMŒOPATHIE,

COMPRENANT

L'HYGIÈNE ET LE RÉGIME,

LA MANIÈRE DE SE CONSULTER ET D'USER DES MÉDICAMENS

HOMOEOPATHIQUES.

« Si j'avais la main pleine de vérités, disait le
» rusé Fontenelles, je me garderais bien de l'ou-
» vrir. » Si ce mot fait peu d'honneur à son courage et à son cœur, il prouve au moins en faveur
de sa prudence.

On sait, en effet, que ce n'est pas toujours la
conception d'une idée grande et utile qui coûte
le plus ; l'esprit aime à pénétrer dans les profon-
deurs de la pensée, et se complaît dans les recher-
ches les plus difficiles. L'excitation qu'il en

éprouve n'est pas sans un certain attrait, qui devient une douce et pure jouissance, quand une découverte heureuse est le fruit d'un tel labeur ; mais ce qui pour l'homme de génie est une source de peines et de douleurs poignantes, ce qui parfois lui ferait maudire sa fécondité, c'est la difficulté qu'il éprouve à produire son œuvre au grand jour, et à la faire dignement apprécier. Car alors le préjugé, la routine, l'égoïsme et l'envie se coalisent, et font à la vérité nouvelle une guerre honteuse et sans pitié.

Qui ne penserait que les hommes instruits devraient lui venir en aide, éclairer l'opinion publique sur les bienfaits dont elle dote la société, et contribuer ainsi à sa propagation ? Ce serait là s'associer à la gloire de l'auteur et bien mériter de ses concitoyens. Mais, au contraire, on les voit le plus souvent se montrer hostiles, dans ce même esprit de pharisaïsme mesquin qui a porté, autrefois et de nos jours, les universités et les savans à s'opposer aux immortelles découvertes des Galilée, des Harvey, des Jenner et des Hahnemann. Pourquoi donc cette coupable aberration d'esprit ? C'est que nos idées préconçues, notre habitude de voir et de penser d'une certaine manière, nous dominent à tel point, que naturellement nous nous révoltons contre tout ce qui leur est opposé; et que, reconnaître que nous étions dans l'erreur, c'est avouer que nous sommes moins habiles et moins instruits que nous le pensions. Or, notre amour-propre, ce malheureux enfant de notre égoïsme qui nous aveugle et qui nous gâte, peut-il nous permettre un tel acte d'humilité?

C'est en médecine surtout qu'un sens droit, une sincérité d'âme, libre de préjugés, sont nécessaires. Soit à cause des étonnants mystères qui enveloppent cette grande science, soit à cause de l'intérêt pratique qui s'y rattache, jamais aucune autre n'a excité de plus vifs dissentimens; jamais les grandes découvertes n'ont eu plus de peine à prévaloir que chez elle. Mais quelle leçon pour nous, et combien ne devons-nous pas être réservés dans nos jugemens, quand nous savons qu'en esprit supérieur, tel que Boërhave, a repoussé toute sa vie l'emploi du quinquina, cent ans après sa découverte! Qu'en France on laissa mourir le fameux Cardinal de Retz, d'une fièvre intermittente pernicieuse, plutôt que de lui en administrer. Les cures cependant étaient irrécusables; mais Blondel, professeur de Paris, disait que les Américains empoisonnaient cette écorce. Depuis n'est-on pas tombé dans l'excès contraire, en le prodiguant aux malades jusqu'à saturation com-

plète., pour ensuite le proscrire pendant le règne
du Vampirisme Broussaisien ?

Cependant cette expérience du passé aurait dû
nous corriger, et nous convaincre de la nécessité
de porter dans l'étude des sciences ce doute phi-
losophique qui n'admet et ne rejette rien sans
un examen préalable, consciencieux et appro-
fondi. « Notre science officielle est-elle donc si
» positive, si invariablement établie qu'on puisse
» affirmer que, dans quelques années, elle ne
» semblera pas aussi fausse qu'elle semble certaine
» aujourd'hui ? » M. Royer-Collard a raison : le
nombre de vérités que nous possédons est si petit que, loin de nous énorgueillir et de nous van-
ter, nous devrions au contraire redoubler d'efforts
pour étendre le domaine de nos connaissances,
même en suivant au besoin les voies les plus ex-
centriques à celles que nous sommes habitués à
parcourir.

Le vrai peut quelquefois n'être pas vraisemblable.

Plusieurs doctrines, plusieurs systèmes ont
donc tour-à-tour régné en médecine. L'électis-
me, le plus pitoyable de tous, et qui trahit l'ab-
sence d'une loi fondamentale nécessaire, a été
formé de leur débris et devient en faveur aujour-
d'hui. Mais ne croyez pas que, réunissant la
pluralité des croyances, ses préceptes soient ad-

mis par la généralité des médecins, car un grand
nombre les repousse. Ce n'est pas que quelque
autre doctrine les réunisse à ses dogmes ; chacun a son culte, et l'école de Paris offre, en fait
d'opinion, le tableau déplorable d'une anarchie
complète. Les uns sont éclectiques, d'autres
organiciens, physiologistes ; ceux-ci humoristes,
ceux-là solidistes, numériques, anatomo-patho-
logistes, et la plupart empiriques, blâmant et
préconisant alternativement les différens systèmes
et les modes de traitement qui s'y rattachent.

Tous cependant sont des hommes de mérite et
d'un grand savoir, capables de faire faire à la
science les plus grands progrès, s'ils voulaient
quitter le cercle vicieux dans lequel ils tournent
sans cesse, sans pouvoir se reconnaître. Et comment pourrait-il en être autrement? Les prémisses
étant fausses, nécessairement les corollaires le
sont aussi.

C'est dans un tel état de choses que Hahnemann est venu dire :

« Quand l'homme tombe malade, cette force
» spirituelle (*la force vitale*), active par elle-même
» et partout présente dans le corps, est au premier
» abord la seul qui ressente l'influence d'ynami-
» que de l'agent hostile à la vie. Elle seule, après
» avoir été désaccordée par cette perception, peut

» procurer à l'organisme les sensations désagréa-
» bles qu'il éprouve, et le pousser aux actions in-
» solites que nous appelons maladies. Étant invi-
» sible par elle-même, et reconnaissable seulement
» par les effets qu'elle produit dans le corps, cette
» force n'exprime, et ne peut exprimer son désac-
» cord que par une manifestation anomale dans la
» manière de sentir de la portion de l'organisme
» accessible aux sens de l'observateur et du mé-
» decin, par des symptômes de maladies.

» Notre force vitale étant une puissance dyna-
» mique, l'influence nuisible sur l'organisme sain
» des agens nuisibles qui viennent du dehors trou-
» bler l'harmonie du jeu de la vie, ne saurait donc
» l'affecter que d'une manière purement dynami-
» que. Le médecin ne peut donc non plus remé-
» dier à ces désaccords (les maladies), qu'en fai-
» sant agir sur elle des substances douées de forces
» également dynamiques ou virtuelles, dont elle
» perçoit l'impression à l'aide de la sensibilité ner-
» veuse présente partout. Ainsi les médicamens
» ne peuvent rétablir, et ne rétablissent réellement
» la santé et l'harmonie de la vie, qu'en agissant
» dynamiquement sur elle, après que l'observa-
» tion attentive des changemens accessibles à nos
» sens dans l'état du sujet (ensemble des symp-
» tômes), a procuré au médecin des notions sur

»la maladie aussi complètes qu'il avait besoin
» d'en avoir pour être en mesure de la guérir. »

Ainsi, il résulte de ces deux paragraphes :
1° Qu'originairement, toute maladie est de nature
dynamique ; 2° Que toute cause morbifique agit,
non matériellement, mais par l'influence dynamique qu'elle recèle ; 3° Que tout agent théra-
peutuque ou médicamenteux ne jouit de la puissance curative qu'en raison de la vertu qu'il possède de modifier la force vitale originairement
affectée.

A quoi il faut ajouter que toute cause morbifique attaque la force vitale d'une manière spéciale ou spécifique, et que la spécificité de la
cause explique comment, sous son influence, bien
que l'organisme entier soit morbidement affecté,
il s'établit des prédominences de maladies surtout
un système organique, et quelquefois sur un seul
organe. Les miasmes rubéoliques, scarlatineux,
varioliques, par exemple, ne sévissent-ils pas plus
particulièrement sur la peau, sur les membranes
muqueuses de la gorge, des yeux.....? Après
quelques jours de souffrances, de troubles ressen-
tis par l'organisme entier, pourquoi le cerveau,
l'estomac, le poumon, une articulation, devient-
il plus malade ? C'est en raison de la spécificité
de la cause de maladie, et de son affinité pour

celui de ces organes, ou cet appareil organique, principalement envahi.

Les causes morbifiques, en un mot, agissent à l'instar des agens médicamenteux dont l'action s'exerce de préférence sur telle ou telle partie avec laquelle elle est en rapport de modalité et de sensibilité. Ainsi de l'émétique et de l'estomac ; du séné, du jalap et des autres purgatifs et des intestins ; des cantharides et du système uropoétique, etc....

Mais ce n'est pas à dire que, lorsque cette localisation morbide s'est opérée, ce point seul de l'économie soit malade, car le principe vital, qui est un et indécomposable, qui lie toutes les fonctions et tous les actes de la vie humaine, et fait que tous convergent vers un but commun qui est l'exercice de la vie, continue d'être désaccordé.

Broussais, le chef des organiciens, qui pendant longtemps ne vit dans les états pathologiques les plus complexes, qu'une irritation dans un point quelconque de l'organisme matériel, et qui disait : *toutes les maladies sont primitivement locales*, Broussais, dominé par la force de la vérité, a été entraîné à faire cet aveu : « On est malade » avant que les tissus soient altérés. La maladie » spontanée *est toujours vitale dans son commence-* » *ment*, et, par conséquent, pour faire une pa-

» thologie interne fructueuse , il faut s'exercer à
» apprécier la valeur des groupes de symptômes
» dès qu'ils se présentent, afin de pouvoir agir
» avant que la structure des organes soit altérée,
» puisque la cure à cette époque est plus difficile
» que dans la précédente. *Examen des doctrines*
» *médicales,* t. 4, p. 642.

» Nous avons cherché à établir en principe dit
» M. Dubois , d'Amiens, dans son traité de patho-
» logie générale, t. 1, p. 168, que, sauf les cas
» de lésions traumatiques, d'infections humorales
» et quelques autres cas exceptionnels , les mala-
» dies, à leur début, *étaient toutes vitales ;* que les
» causes de maladies ne s'adressaient point, en gé-
» néral, au tissu même des organes, mais bien à
» leur mode de vitalité, que les vicissitudes at-
» mosphériques , que les émotions morales, etc.
» ne pouvaient agir de *prime abord sur la substance*
» *de l'économie.* »

C'est ce que dit aussi l'homœopathie , sans ad-
mettre toutefois les cas exceptionnels dont parle
l'auteur, et ceux qu'il ne désigne pas,

Voilà donc le vitalisme pathologique reconnu
par deux hommes dont le nom sonne haut, à
juste titre, dans les fastes de l'allopathie. Or, si
dans les maladies c'est le principe vital qui est
désaccordé, pourquoi ne pas agir sur lui, comme

le pratique heureusement l'homœopathie, au moyen d'agens thérapeutiques de nature purement dynamique, au lieu d'user de moyens matériels et mécaniques qui ne vont pas directement au but, tels que les saignées, les ventouses, cautères, rubéfians, etc. Ainsi que le veut l'école rivale ? Rendons ceci plus frappant par des exemples :

Qu'une cause quelconque, je suppose, désaccordant le principe de vie, il en résulte une maladie se manifestant par une grande fréquence du pouls, un violent éréthisme des vaisseaux sanguins; la masse, le volume du sang a-t-il été spontanément augmenté sous l'influence de l'agent morbifique ? Nullement : sa quantité est la même qu'avant l'invasion du mal, seulement il a été modifié dans ses propriétés par le désaccord du dynamisme vital. Comment agit alors la saignée ? Elle en désemplit les vaisseaux, le rend moins abondant, et voilà tout. Mais modifie-t-elle, change-t-elle son nouvel état ? Non, puisqu'elle n'est pas un agent dynamique ayant une action sur la cause du trouble vital.

Il faut le dire cependant, elle s'oppose jusqu'à un certain point aux localisations morbides qui ont lieu assez souvent, et, quand elles existent déjà, elle les combat. Mais qu'arrive-t-il dans ce cas, le seul où l'usage de la saignée paraisse rationnel, au point de vue allopathique? Le désaccord vital, d'où est né l'éréthisme sanguin, n'ayant pas cessé, puisque la saignée n'agit pas sur la cause qui la produit, l'engorgement ou localisation maladive, diminué ou dissipé par elle, se forme de nouveau sous l'empire de la cause encore existante, ce qui force à recourir à de nouvelles émissions sanguines. Qu'en arrive-t-il? Les saignées répétées, en privant l'économie de ce fluide nourricier si précieux, enlèvent aussi les forces; le principe de vie est entravé dans sa lutte contre la cause morbide qui l'a désaccordé, et, sa puissance de réaction fort affaiblie, souvent même anéantie, il est forcé de succomber.

On le voit cependant quelquefois triompher du traitement et de la maladie. Le malade est alors réputé guéri, parce qu'on ne tient pas compte du malaise, de l'anémie et des mille autres souffrances d'une convalescence interminable. Mais s'il existe chez lui un vice psorique, syphilitique ou sycosique à l'état latent, ce miasme, n'étant plus contenu, dominé par l'énergie vitale, envahira quelque viscère important, se développera, et conduira lentement le malheureux au tombeau, en le faisant passer par toutes les douleurs et la longue agonie des lésions organiques.

Voilà comment les maladies chroniques, ou de consomption , succèdent parfois aux maladies aiguës.

Il faut dire maintenant ce que fait l'homœopathie en pareil cas.

Le désaccord vital étant la maladie, c'est à lui qu'elle adresse ses procédés de guérison , au moyen d'agens médicamenteux dépouillés de leurs parties matérielles, et ne conservant que leurs propriétés dynamiques ou virtuelles. Le principe de vie étant rétabli dans son état normal de calme et d'harmonie fonctionnelle , les effets de son désaccord sur la circulation du sang cessent nécessairement aussi; c'est-à-dire ce qu'on appelle la fièvre, l'irritation , l'inflammation , les engorgemens contre lesquels l'allopathie a prodigué les saignées , les vésicatoires, etc. En un mot, tandis que , l'allopathie s'attaque aux effets de la maladie et prend l'ombre pour le corps, l'homœopathie en combat et en détruit la cause. *Sublata causa tollitur effectus.*

M. Auvrai, directeur d'un pensionnat de jeunes gens à Torighi, éprouva le 19 février 1841, un froid intense, qui fut bientôt remplacé par une chaleur générale, avec mal de tête et douleurs contusives dans les membres.

Le lendemain céphalalgie augmentée, idées

confuses et délirantes, yeux brillans, chaleur et rougeur à la face, peau brûlante, pouls fréquent et dur, sécheresse et amertume de la langue, agitation, gêne de la respiration ; toux et douleur pleurétique, expectoration visqueuse et sanguinolente.

Prescription : aconit-napel, 12ᵉ atténuation, 6 globules dans deux hectogrammes d'eau filtrée ; une cuillerée d'heure en heure.

Le 21, amélioration ; même traitement.

Le 22, la chaleur fébrile n'existe presque plus ; l'éréthisme nerveux et sanguin a cessé, cependant la toux et la douleur de côté continuent, crachats rouillés par le sang, bryone, 6ᵉ atténuation, 4 globules. Le 24 amélioration qui continue. Le 25 et le 26 retour à la santé.

N... Vaultier, enfant de 11 à 12 ans, à Torigni, fut pris le 17 mars 1842, de fièvre ardente avec céphalalgie intense, yeux animés, pupiles contractées, face rouge, tête brûlante, délire. Il reçut aconit-napel, 12ᵉ att., 6 globules en potion. Le lendemain aggravation des symptômes, cris aigus, chants, grincemens de dents, rires, envie de déchirer, mouvemens désordonnés. Six sangsues appliquées derrière les oreilles ne produisirent aucun bien, et, depuis ce moment, aconit-napel et belladone donnés alternativement, guérirent

2

dans l'espace de cinq jours cette grave inflammation cérébrale.

M. Lécot, propriétaire à Saint-Amand, fut at-
taqué le 7 janvier 1843, d'un violent mal de gorge
contre lequel deux applications de quelques sangsues furent faites. Le sang qui s'écoula fut abondant à cause de sa grande diffusibilité, mais il
n'en résulta aucun soulagement. Je visitai le ma-
ade le 9 janvier, et voici quelle était sa position :
chaleur âpre à la peau, pouls très-petit, serré et
donnant 110 pulsations à la minute, soubresauts
des tendons, grande prostration ; la déglutition
et les mouvemens du col très-douloureux, voix
gutturale. Le voile du palais et l'arrière bouche
étaient d'un rouge foncé, sans tuméfaction con-
sidérable des amyydales. Ces symptômes répon-
dant à ceux du lachesis, ce médicament fut donné,
24e att. 3 globules dans six onces d'eau, à prendre
par cuillerée d'heure en heure. Le soir même
amélioration très-remarquable qui fut en aug-
mentant. Guérison le lendemain.

J'ignore quel aurait été le résultat du traitement
antiphlogistique, astringent, tonique, révulsif
que l'allopathie aurait employé dans ce cas de
phlegmasie de mauvais caractère, présentant les
prodromes de l'angine gangreneuse, mais, ce que
je sais bien, c'est qu'elle n'aurait pas guéri en

suivant aussi exactement le précepte de Celse :
citò, tuto et jucundè.

Le 17 mars 1841, la fille de M. Meunier-Martinière, receveur des domaines à Torigni, enfant de 6 ans environ, fut prise d'une irritation aigue du larynx, qui bientôt présenta les caractères du croup. Douleur de cette partie en respirant et au toucher, gêne de la respiration, toux croupale, etc. Une saignée locale abondante fut pratiquée, et la gorge enveloppée de cataplasmes émoliens souvent renouvelés. Le jour suivant grande faiblesse, toux, oppression augmentées, douleur d'érosion et de cuisson. Je prescrivis alors spongia tosta 6ᵉ att., 4 globules en potion, et sous son influence les douleurs du larynx diminuèrent; mais, la toux plus grasse, sans expertoration, la suffocation devenue imminente annonçant la formation de la fausse membrane, je fis prendre hepar-sulfuris. Le lendemain la plupart de ces symptômes, précurseurs d'une terminaison funeste, avaient disparu. Le médicament fut continué, et deux jours après une guérison parfaite était déclarée.

C'est ainsi que l'homœopathie opère dans le traitement des maladies aigues, et l'on peut affirmer avec vérité que, dans l'immense majorité de ces cas, ses succès sont aussi certains que brillans.

Veut-on savoir maintenant quel est son degré de puissance contre les maladies chroniques, cette croix si pesante à porter de la médecine allopathique ?

L'épouse du sieur Jacques le Loyer, à la Vacquerie, près Caumont, fut prise quelque temps après ses couches d'une douleur aigue, s'étendant de la hanche à l'extrémité du membre du côté droit. Il y avait fièvre, gonflement; c'était, je pense, la grave affection décrite par les nosologistes sous le nom de *phlegmasia alba dolens*. M. le docteur Doyère, de Caumont, lui donna ses soins pendant plusieurs mois, mais sans aucun succès, quoiqu'il mît en usage tout le riche et formidable arsénal polypharmaque que possède l'allopathie. Bref, la malade était alitée depuis sept mois; lorsque je la vis le 5 janvier 1842, et voici dans quel état : maigreur extrême, ou plutôt marasme parfait. La cuisse droite rétractée sur le ventre, et la jambe sur la cuisse ne pouvaient être étendues; impossibilité d'être couchée sur ce côté; douleurs atroces nuit et jour, encore augmentées par le moindre mouvement, et chassant le sommeil; plaques rouges sur la hanche et l'articulation iléo-fémorale décharnées; aménorrhée, fièvre de consomption. Prescription; rhus-toxicodendrum, 18e att., 6 globules en potion; une cuillerée chaque matin pendant quatre jours. Le 15 janvier suivant grande amélioration des douleurs, repos la nuit; le membre s'est un peu étendu; reprise du médicament pendant 2 jours. Le 23 janvier, seconde visite; Lachesis 30° et Guayacum 30°. Ces deux médicaments rendirent en peu de temps la guérison complète; c'est-à-dire qu'au bout de six semaines la malade ne souffrait plus, marchait librement et avait retrouvé ses forces, son embompoint et une fraîcheur de teint remarquable.

Le sieur Le Bel, ancien militaire, marchand de bois à Saint-Amand, près Torigni, portait sur la joue un de ces tubercules appelés *noli me tangere*, faisant éprouver des douleurs vives, lancinantes. Le 10 octobre 1842, il reçut thuya occidentalis, 6° att. Au bout de quinze jours la tumeur s'était flétrie et n'était plus douloureuse. Thuya fut répété, 30° att., et bientôt après l'excroissance tomba remplacée par une petite tache blanche sans élévation aucune à la peau.

Une grosse verrue s'était développée sur le pouce de l'enfant de M. Brix, employé des contributions indirectes à Torigni. Elle était douloureuse au toucher, entourée d'une aréole rouge, et croissait rapidement. Lycopodium 30° att., qui fut répété au bout de trois semaines, la fit entièrement disparaître.

N.... fille du sieur Colin Fontaine, à Moyon, canton de Tessy, était attaquée depuis quatre ans d'une hydrarthe au genou droit. Cette articulation avait acquis le double de son volume naturel par l'engorgement des membranes, des cartilages et des extrémités des os de la jambe et de la cuisse. Une ponction qui fut pratiquée donna issue à une grande quantité d'humeur synoviale épanchée, et calcarea-carbonica, sulfur, mercure soluble, iodium et silicea, à la 30ᵉ puissance triomphèrent dans l'espace de huit mois de cette grave maladie, contre laquelle échouent constamment les traitemens allopathiques, au moins quand elle est arrivée à ce degré de chronicité et de développement.

Il me serait facile de multiplier les exemples de guérison par les globules homœopathiques d'une foule de maladies contre lesquelles la doctrine allopathique est forcée d'avouer son impuissance, mais ceux-ci me suffisent pour constater leur efficacité, le seul but que je me suis proposé; aussi je m'arrêterai là.

Comment expliquer, dira-t-on peut-être, la vertu de ces globules à doses infinilésimales ? Je l'ignore et je n'ai pas besoin de le savoir. Le fait est vrai, je le constate chaque jour et cela me suffit. Ira-t-on demander à la physique et à la chimie la cause, le pourquoi des effets de la gravitation, de l'attraction moléculaire, de l'électricité? Elles répondraient avec raison : nous connaissons parfaitement les phénomènes auxquels ces puissances donnent lieu, que nous servirait-il d'en savoir davantage? Si vous voulez satisfaire une vaine curiosité, priez la nature de vous confier le secret de son auteur.

Il est un point fort important de la doctrine de Hahnemann, c'est l'existence, non douteuse pour un observateur attentif, des miasmes psorifiques, syphilitiques et sycosiques considérés comme générateurs des maladies chroniques et des désorganisations de tissus, qui comme une larve malfaisante rongent lentement et impitoyablement l'organisme. Déjà l'allopathie avait reconnu la chronicité, la transmission héréditaire du virus vénérien, et sa transformation en maladies secondaires, attaquant les organes dans leur parenchime et leur vitalité, mais elle niait aux deux autres ces funestes propriétés. Ne pouvant toutefois méconnaître que le plus grand nombre des lésions organiques, et des maladies dites congéniales, n'a pas pour principe la syphilis, elle a été forcée de leur assigner une autre cause, et elle a désigné cette cause par le nom de *diathèse*, mot creux et vide de sens qui n'exprime rien quant à leur étiologie.

En effet, dire d'une personne affectée d'un cancer, que cette maladie provient de la diathèse can-
cereuse qui existe en elle, ce n'est rien apprendre
sur la cause génératrice ou étiologique du cancer,
mais c'est tout simplement répondre comme Ar-
gan, que l'opium fait dormir parce qu'il est doué
d'une vertu qui porte au sommeil.

La véritable cause de ces maladies est, je le
répète, l'un des trois miasmes précités, ou même
tous trois à la fois. Ils n'apparaissent plus sous
leur forme primitive, parce que leur long séjour
dans l'organisme, les traitemens quoiqu'imparfaits
qu'ils ont subis, les ont modifiés, affaiblis, mais ils
n'en existent pas moins; et, véritable protée, ils se
métamorphosent en cent manières différentes,
sans toutefois que leur nature interne soit chan-
gée.

Ainsi, des parens infectés transmettront un de
ces germes à leur fille, qui, plus tard, fera naître
en elle un cancer; chez l'un de leur fils, les scro-
phules, chez l'autre l'épilepsie, l'idiotisme, chez
le troisième et le quatrième des dartres, le rachi-
lisme, la teigne. Or, pourrait-on dire avec quelque apparence de raison, en s'appuyant sur la
théorie allopathique, que le père ou la mère ont
communiqué à leur progéniture une diathèse
différente pour chacune des maladies ci-dessus

nommées? Son organisation serait donc infectée
par une douzaine au moins de ces diathèses à la
fois? Mais, voyez qu'elle est l'immence portée de la
découverte d'Hahnemann! Si la gale, la syphilis et
la sycose sont la larve originelle et malfaisante des
maladies chroniques, les remèdes qui détruisent
ces virus étant déjà connus, on pourra par leurs
secours guérir aussi les affreuses maladies qu'ils
engendrent, et qui déciment et abâtardissent la
race humaine.

Chaque miasme morbide a, comme on sait,
un mode d'action et une durée qui lui sont propres. Ainsi le variolique sévit plus particulièrement
sur la peau et les membranes muqueuses de la gorge, des yeux, et parcourt ses phrases d'activité
dans l'espace de quinze jours; au bout desquels
il s'anéantit. Celui de la rougeole agit aussi sur
les mêmes tissus membraneux, mais les phénomènes physiques par lesquels il se manifeste sont
différents, et sa marche est un peu plus rapide.
Il en est de même des autres miasmes aigus, dont
chacun a son caractère particulier, et donne naissance à des signes et à des symptômes qui n'ap-
partiennent qu'à lui, sinon pris isolément et en
détail, au moins dans leur ensemble et d'après la
manière dont ils se groupent entr'eux. En un mot
chaque miasme morbide développe une maladie

qui a une physionomie *sui generis.* Delà vient le reproche grave et mérité qu'on adresse à l'allopathie d'avoir formé des classes de maladies, et placé dans le même cadre nosologique des maladies qui, pour avoir quelque point de similitude, diffèrent cependant essentiellement les unes des autres, et, surtout, de leur avoir imposé le même mode de traitement basé sur ces prétendus rapports d'analogie et de ressemblance ; car chaque état morbide est un fait à part qui exige une méditation spéciale, excepté, toutefois, les cas d'épidémie ; encore faut-il alors tenir compte des modifications patologiques, que l'âge, le sexe et le tempérament, imprimeront à la forme et au caractère général de la maladie.

Mais, s'il est vrai que chaque miasme morbide de nature aigue ait son mode particulier de manifestation, il n'est pas moins certain que tous, après avoir désaccordé l'organisme pendant un temps plus ou moins long, finissent par être éliminés par la réaction du principe vital, qui rentre alors dans cet état de calme qui constitue la santé.

Mais il n'en est pas ainsi des miasmes appelés chroniques par opposition aux précédens. Quand une fois on a été infecté, c'est à tout jamais : *hæret lateri lethalis arundo ;* au moins jusqu'à ce que par l'usage d'un traitement spécial, on en ait délivré l'organisme, qui ne peut rien par lui-même contre leur intoxication.

Ces miasmes sont : le virus de la gale., de la syphilis. et celui de la sycose ou blennorragie virulente.

Quand on cautérise un chancre vénérien il guérit ordinairement ; mais, après quelque temps, il se reproduit; ou bien il est remplacé par des bubons, des pustules, des périostoses et autres accidents secondaires, et on dit que la maladie est devenue constitutionnelle, qu'elle a envahi l'organisme entier. C'est une erreur, car l'infection générale a eu lieu au moment même de la contagion. Si elle n'eut été que locale, borné seulement au point ulcéré, la cautérisation aurait détruit le virus et tout aurait été fini.

On en doit dire autant pour la gale ou psore : l'éruption boutonneuse à la peau est à cette maladie, beaucoup plus grave qu'on ne la pensé jusqu'à présent, ce que le chancre est à la syphilis. On se contente de guérir l'éruption, qui n'est que le symptôme, que l'ombre du corps, et l'on néglige la cause essentielle. Mais qu'arrive-t-il de cette conduite aussi aveugle qu'imprudente ? Le principe virulent continue de resider en nous. Il sera peut-être plus long-temps que vice vénérien sans produire ses ravages, parce qu'étant moins actif, il sera plus facilement comprimé, contenu par l'énergie vitale. Mais que notre tempérament, notre puissance de réaction viennent à s'affaiblir avec l'âge, et par l'effet des peines, des privations, des fatigues et des passions déprimantes, inséparable cortège de la condition humaine, et cet ennemi caché manifestera sa présence. En se vissant sur les organes de la respiration, il engendrera la phthisie pulmonaire ; sur l'estomac la gastrite chronique et le squirrhe ; sur la glande mammaire, ou l'utérus, le cancer ; sur les articulations la goutte ; sur la peau des dartres, etc... Nos enfants, apportant ce funeste héritage en naissant, seront plus tard rachitiques, scrophuleux idiots, épileptiques, selon que tel ou tel organe, chez eux relativement plus faible, se laissera plus facilement envahir par le mauvais germe que leurs parents leur auront transmis.

Le savant professeur Autenrieht, dans un mémoire publié en 1808, a présenté plus de douze mille cas de maladies chroniques consécutives à la rentrée de la gale, et Hahnemann en a publié un grand nombre dans son traité des maladies chroniques, extraits de différents auteurs.

Telle est la théorie de la psore, de la syphilis et de la sycose, relativement à l'étiologie des maladies chroniques. Tout parle en sa faveur, mais, fut-elle moins probable, on ne concevrait pas pour cela comment l'école allopathique refuse d'en faire l'examen, et la repousse avec un superbe dédain. En pensant aux immenses résultats qu'elle peut donner, et à ce refus coupable et peu censé, comment ne pas répéter avec le fondateur de l'homœopathie :

Quand il s'agit d'un art qui peut sauver la vie, refuser d'apprendre est un crime.

Du régime homœopathique.

Tous les médecins praticiens ont fait du régime une prescription capitale. Hippocrate en faisait la partie la plus importante du traitement, et ses préceptes, fondés sur la saine observation, sont encore les plus sages parmi ceux des auteurs de l'ancienne école, qui tous ont pris pour base de la diététique leurs théories pathologiques. Ainsi les chimistes proscrivaient tel ou tel aliment parcequ'il contenait tel élément dont l'abondance dans le sang était censée causer la maladie.

Stahl et ses disciples conseillaient l'usage des végétaux pour prévenir la formation de la bile. Brow, les vins généreux, les viandes rôties et les mets succulens et épicés, pour combattre la faiblesse à laquelle il attribuait la plupart des maladies, et Broussais ordonnait le contraire par

la raison opposée ; c'est-à-dire que la presque
totalité des maladies étant, selon lui, l'effet de
l'irritation, et, par suite, d'un état phlogistique
du sang, il voulait, par une alimentation en quelque sorte négative, le priver de ses parties nutritives en excès pour le ramener à son état normal.

Ce besoin, que tout médecin, et le plus simple
bon sens même reconnaissent, ne pouvait être
méconnu par le fondateur de l'homœopathie.

Comment Hahnemann, observateur si exact,
si judicieux, aurait-il pu coordonner ses vues si
grandes de thérapeutique, sans s'occuper de
l'hygiène et de la diététique?

Convaincu en principe que tout agent capable
de modifier la force vitale, s'il n'est pas utile,
doit-être nuisible en l'éloignant de l'état normal
qui constitue la santé, il a proscrit du régime
alimentaire, *toute substance douée, outre ses propriétés nutritives, de vertus médicinales;* ce qu'il
a formulé ainsi : *user d'aliments purement nutri-
tifs pour satisfaire son appétit, et d'une boisson
simple pour étancher sa soif.*

Le malade qui suit un traitement homœopathique, ne doit donc considérer comme aliment
que les substances véritablement nutritives et
rassasiantes, propres en un mot à appaiser la faim
et la soif, et à réparer les pertes que le corps fait

chaque jour en accomplissant ses diverses fonctions.

Une nourriture composée mi partie de substances animales et de végétaux est celle qui convient le mieux.

Pendant l'usage d'un médicament homœopathique, on devra s'abstenir rigoureusement de toute substance possédant une propriété médicinale quelconque. Il est facile en effet de comprendre que le médicament étant donné à une dose infiniment petite, son action pourrait-être facilement entravée, ou même paralysée, par le principe médicamenteux contenu dans cet aliment. Aussi, tout en permettant l'eau pannée édulrée avec du sucre, des sirops de framboises, de pomme, de guimauve, de gomme d'orgeat ; les décoctions de guimauve, d'orge, d'avoine, de riz, de fruits secs, tels que figues, raisins, pruneaux, poires, pommes ; le lait coupé et le petit lait, les émultions d'amandes douces, de cacao ; le vin de Bordeaux mélangé avec l'eau, le cidre léger et la bière blanche, on a proscrit le café, le they, les liqueurs alcooliques, les vins chauds et sucrés, les aromates et les épices.

Les infusions de fleurs de sureau, de camomille, de feuilles d'oranger, de menthe, de mélisse, de sauge, d'armoine, de valériane, d'anis, de fenouil et généralement de toutes autres espèces aromatiques, amères, sont également interdites.

Cependant les personnes qui ont fortement contracté l'habitude de la pipe, de la tabatière, du they, du café, peuvent en continuer l'usage, mais avec beaucoup de modération.

Les poissons salés, fumés, marinés, ne conviennent pas du tout, ainsi que le saumon, l'anguille, les huîtres, les moules, le homard. Généralement parlant, on doit manger peu de poisson, surtout dans les maladies de peau et des intestins.

La chair de porc salée et fumée, le gibier faisandé, celui de marais à chair noire et coriace, le veau trop jeune sont un mauvais manger.

Mais le bœuf, le mouton, le veau âgé de plusieurs mois, la volaille, le canneton, la sarcelle, la perdrix, la caille, le faisan, la bécasse, le lapin, le lièvre, le chevreuil, les allouettes, les grives, les pigeonnaux sont d'une bonne alimentation et dont on mangera de préférence, lorsque toutefois le bon état des fonctions digestives le permettra.

On en doit dire autant des poissons d'étang, de rivière et de mer, sauf néanmoins ceux ci-dessus exceptés.

Le beurre n'est nuisible qu'autant qu'il est trop salé, trop vieux, ou mangé en trop grande quantité.

Les pâtisseries grasses sont indigestes.

Les œufs frais, peu cuits sont de digestion facile.

Quant aux légumes et autres substances végétales, on permet les épinards, la laitue et l'endive
cuites ; les diverses espèces de choux, les pommes
de terre, les haricots secs ou verts, les pois, le
navet, la betterave, la carotte, les pommes, les
poires, les pêches, les abricots, les prunes, les
figues, les dates, les raisins, les ananas, les cerises,
les framboises, les groseilles, le melon.

Les bouillies faites avec les diverses fécules de
pomme de terre, de gruau, d'avoine, de riz,
d'orge, d'arrow-root, de tapioka, de salep, de
sagou conviennent bien.

Parmi les substances grasses, dont on se sert
pour la préparation des aliments, la graisse de
bœuf, le beurre et l'huile d'olives méritent la
préférence.

On doit s'abstenir de salades et de sauces aci-
des et piquantes, comme aussi des substances
végétales suivantes, soit à titre d'aliment ou d'as-
saisonnement : l'oseille, l'arroche de jardin, la
rue, le cerfeuil, le cresson, le basilic, le tym, la
marjolaine, la moutarde, le cumin, la coriandre,
l'anet, la racine de scorsonnère, de céleri, de
panais, d'acorus, le raifort, les radis, l'asperge,
l'ail, les ognons, la bourrache, les champignons
et les morilles.

3

Le malade soumis au traitement homœopathique doit s'en tenir rigoureusement aux remèdes prescrits par son médecin. Partant, plus d'évacuations sanguines, de purgatifs, de pédiluves prolongés de lavemens, de cautères, vécicatoires, sétons, et de tous ces moyens dits prophilactiques ou de précaution, qui ne préservent de rien, ou du moins de fort peu de chose ; mais les bains généraux et les lotions avec de l'eau, sans aucune addition; d'aromates et de cosmétiques, sont permis et recommandés comme moyens de propreté.

La chambre qu'il habitera sera spacieuse en hauteur et en superficie, éloignée de tout foyer d'infection, tels que eaux croupissantes, fossé à fumier, lieux d'aisance, etc., et l'air en sera renouvelé de temps en temps. La température n'en sera ni trop élevée ni trop basse; on n'y suspendra pas de linges humides. Les végétaux odorans en seront banis, de même qu'un rassemblement d'un grand nombre de personnes à la fois. Enfin cet appartement n'aura été blanchi ni peint depuis peu de temps, car il pourrait en résulter de graves inconveniens.

L'air que respire le malade, et au milieu duquel il vit, doit-être, ai-je dit, tempéré, et son degré de chaleur calculé de manière que les organes respiratoires et la peau n'en soient pas péniblement impressionnés. Quand on voudra le renouveler, on aura soin de ne pas établir de courant. Ce renouvellement de l'air ne se pratiquera ni le matin ni le soir, mais vers le milieu du jour, lorsque la brume de la nuit sera dissipée et que le soleil aura rechauffé l'atmosphère.

Pendant la convalescence des maladies aigues et le cours des maladies chroniques, des promenades dans les lieux les mieux aérés, et d'un aspect agréable, feront du bien. Elles auront lieu à pied, à cheval, en voiture, et se prolongeront, sans fatigue, autant qu'elles seront un plaisir.

Les vêtemens seront toujours en rapport avec la force de réaction vitale du malade, et la température atmosphérique. Plus chauds pour les enfants, les femmes et les hommes débiles, et en général pour tous ceux dont l'habitude des jouissances de la vie luxueuse, et ceux aussi dont l'existence plus intellectuelle que physique, ont developpé et beaucoup accru la sensibilité nerveuse. Ils seront plus légers pour l'homme accoutumé aux travaux manuels exigeant pour leur accomplissement l'emploi des forces matérielles. Mais, dans aucun cas, ils ne seront ni trop amples, ni trop étroits, et l'on évitera avec le plus grand soin d'exercer aucune compression sur quelque partie du corps que ce soit.

La tête doit-être tenue fraîchement, et les pieds pas trop chaudement.

Un lit trop mou et trop chaud est mal sain. Il ne doit par être tellement. fermé par des rideaux que l'air de l'appartement n'y ait pas un libre accès.

Les veilles prolongés et le travail du soir nuisent à la guérison; le calme et le sommeil l'accélèrent.

La contention d'esprit, les émotions vives et les impressions pénibles, désagréables, doivent-être évitées autant que possible. C'est pourquoi les jeux de cartes, surtout quand ils sont interressés, sont interdits.

Mais une danse modérée, le jeu des cerceaux, le jeu de billard sont permis.

La propreté contribue puissamment au rétablissement de la santé. Les mains et le visage doivent être lavés tous les jours; la bouche souvent rincée, les dents nettoyées, les oreilles et le nez; et la matière dont la langue est chargée enlevée chaque matin.

Les habits seront tenus proprement, et le linge souvent changé, ce qui peut toujours avoir lieu sans inconvénient, en ayant soin de lui enlever toute espèce de fraîcheur ou d'humidité en le faisant bien chauffer avant de s'en vêtir.

SYMPTOMATOLOGIE
HOMŒOPATHIQUE,
et
MANIÈRE DE CONSULTER SON MÉDECIN.

Le judicieux Montaigne a dit : « L'être humain
» ce n'est pas un corps, ce n'est pas un âme, c'est
» un homme. »

Il y a en effet dans chaque individu deux parties bien distinctes, et cependant intimement
unies, et inséparables l'une de l'autre. Le principe vital qui anime les organes, et ceux-ci dont
le jeu fonctionnel entretient la vie. C'est en
d'autres termes le feu sacré de l'existence vivifiant
la matière et alimenté par elle.

Dans les maladies, le principe de vie reçoit l'impression de la cause morbide, mais, bientôt trans-
mettant son désaccord à l'organisme matériel,
qu'il tient sous sa dépendance en même temps
qu'il est placé sous la sienne, il lui fait subir les
modifications diverses de texture et de forme
qu'on observe dans quelques états pathologiques.
Le médecin doit donc, dans l'observation et le
traitement des maladies, tenir compte de cette
action qu'exercent réciproquement l'un sur l'autre
ces deux principes de l'organisation humaine, et
rendre chacun d'eux l'objet d'un examen appro-

fondi; car, ne s'occuper que de l'état physique du
sujet et n'égliger d'étudier son désaccord vital,
c'est laisser dans l'ombre la moitié d'un tableau
qu'on doit voir en entier pour bien le connaître et
savoir l'apprécier. Ainsi donc il recueillera tous
les renseignemens que le malade lui donnera
dans le plus grand détail, et avec la plus grande
exactitude possible, sur ce qu'il éprouve. Les
symptômes seront classés ainsi qu'il suit :

1°. *Vertiges.*

Vertiges tournoyans; vertige à tomber en avant,
en arrière, par côté, à droite ou à gauche.

2°. *Obnubilation.*

Enivrement, assourdissement, embrouillement,
nébulosité, chancellement, perte de connaissance.

3°. *Défaut d'intelligence.*

Difficulté de conception, difficulté de réfléchir,
lenteur des idées, distraction, irréflexion, erreurs
en parlant, erreurs en écrivant, illusions des sens,
du sentiment et de l'imagination, faiblesse des
pensées, faiblesse d'esprit, hébétude, idées fixes,
manie, fureur.

4°. *Défaut de mémoire.*

Disposition à oublier, diminution de la mémoire, perte de mémoire.

5°. *Affections morales.*

Sérénité, inconstance, maladie imaginaire, impatience, promptitude, indifférence, inquiétude, défiance, timidité, misantrophie, anxiété, désespoir, mélancolie, tristesse, humeur pleureuse, dépit, entêtement, humeur querelleuse, emportement, manie, fureur, joie, contentement, etc. Les indications les plus précises sur le caractère de la personne avant la maladie, et sur les changemens qu'elle y a produit sont indispensables pour guider le médecin dans le choix du remède.

6°. *Maux de tête intérieure.*

Douleur lancinante, tractive, térébrante ou fouissante; battemens, fourmillement, pincement, rampement; tintemens, bourdonnemens, ressonnemens, bruissemens, sifflemens; pression, compression, pesanteur, pression de dedans en dehors, ou expansion; céphalagie étourdissante, congestion, froid ou chaleur; douleur d'abcès, de suppuration intérieure, d'excoriation; sensation de plénitude ou de vide. Ces sensations et ces douleurs peuvent occuper toute la tête ou se borner au frond, au sinciput, au vertex, à l'occiput, aux temples, à gauche ou à droite.

7°. *Maux de tête extérieurs.*

Ulcérations.; les éruptions diverses ; exostoses, douleur dans les os, différentes espèces de sensations douloureuses, qu'il faut qualifier le plus exactement possible ; chute des cheveux, douleur à la racine des cheveux de tiraillement, d'excoriation, de meurtrissure, soit sans y toucher ou en y touchant ; chaleur ou froid ; sueur, tremblement, spasmes ou contraction des tégumens de la tête.

8°. *Maux d'yeux.*

Douleurs et sensations de diverse nature, à la paupière inférieure ou supérieure, dans les orbites, aux angles, à l'extérieur ou à l'intérieur de l'œil droit ou de l'œil gauche, au globe de l'œil. Inflammation, chassie, orgeolets, suppuration, sécheresse, larmoiement, difficulté de les ouvrir, brûlement, palpitations et frémissement.

Eblouissement, nébulosité, obscurcissement, tremblement, vacillations devant les yeux, illusions d'optique, coloration des objets en bleu, en jaune, en rouge, en noir, en vert etc., vue double, hémiopie, ou vue seulement d'une partie des objets ; vue indistincte ; fausse vue d'objets qui n'existent pas devant les yeux, tels que feu, plumes, flocons, insectes, taches, boules, rayons et vue de près, de loin, douleur occasionnée par la lumière, photophobie; cécité.

9°. Oreilles, ouïe.

Diverses douleurs ou sensations douloureuses aux oreilles; éruptions et autres altérations; écoulemens, nature diverse du cérumen, suppression ou augmentation; sensibilité de l'ouïe au bruit, illusions de l'ouïe; bourdonnement, bruissement, claquement, résonnement, roulemens, vibrations, tintemens, chants, sifflement, battemens, détonnation, dureté de l'ouïe ou acuité.

10°. Nez et odorat.

Saignement par le nez; écoulemens de mucus épais, clair, fétide, jaune, vert; prurit, rougeur, excoriation, éruptions et sensations de différentes natures: sensibilité, diminution ou perte et illusions de l'odorat.

11°. Face.

Teint pâle, terreux, sale, jaune, verdâtre, maladif; taches, éphélides, boutons, couperose; sensations diverses.

12°. Bouche.

Lèvres pâles, d'un rouge vif, douloureuses, gerçées, couvertes d'ixanthèmes; douleurs aux dents de diverses natures; les caractériser; écaillement, putréfaction, carie, ébranlement, allon-

gement, coloration des dents et déchaussement.
Gensives rouges, pâles, molles, spongieuses, gon-
flées, saignant facilement ; les diverses symptômes et douleurs de la cavité buccale.

Salive visqueuse, gluante, fétide, sanguinolente
salée, aigre, augmentée ou diminuée.

Langue sèche, gercée, excoriée, rouge, pâle,
chaude, froide, chargée d'un enduit blanc, jaune,
noir ; tremblante, difficile à remuer. Enrouement,
bégaiement, aphonie, difficulté de parler.

13°. *Gorge*.

Grattement, âpreté, élancement, gonflement,
besoin d'avaler, sensation comme d'un nœud,
d'une boule, d'une cheville.

14°. *Appétit et soif*.

Augmentation, diminution ou perte d'appétit
et de soif. Goût ou appétence pour certains alimens ; les désigner : Faim canine, prompte
satiété, souffrance par certains alimens et cer-
taines boissons.

15°. *Rapports et régurgitations*.

Rapports bruians, avide, empêchés, amers,
bilieux ; ayant le goût de ce qu'on a mangé, brûlans.

16°. *Hoquet*.

Les sensations dont il s'accompagne.

17°. *Naussées et vomissemens.*

Dans le creux de l'estomac, le col, la bouche, le bas-ventre; vomiturition, vomissemens de différens goûts et différentes natures et couleurs.

18°. *Estomac et creux de l'estomac.*

Désigner d'une manière claire et précise les douleurs, les sensations qu'on y éprouve et les points qu'elles occupent.

Pésanteur, pression, pincement, déchirement, crampe, battement, brûlement, froid, élancement, faiblesse, vacuité, balonnement, plénitude, rétraction, pression, sensibilité et douleur à la pression, élancement en faisant un faux pas, etc.

19°. *Abdomen, flancs, bas-ventre.*

Comme pour l'estomac.

20°. *Flatuositées.*

Amas de vents, leur sortie, leur odeur, le bruit et les douleurs qu'ils occasionnent.

21°. *Selles.*

Diarrhée et constipation alternant; dures, molles, sanguinolentes, corrosives, aqueuses, muqueuses, blanches, jaunes, vertes, noires, accompagnées de vers, exhalant une odeur qu'on désignera. Constipation.

Douleurs diverses en allant à la selle, avant et après.

Hémorroïdes borgnes ou saignantes, avec les douleurs qu'elles occasionnent.

22°. *Urines.*

Claires, aqueuses, pâles, foncées, jaunes, rouges, sédimenteuses, glaireuses, brûlantes, fétides, abondantes ou peu copieuses, rendues facilement ou difficilement, ou fréquemment avec besoin pressant, et douleur; urines coulant involontairement, goute à goute.

Les sensations qu'on éprouve en urinant.

23°. *Parties sexuelles.*

Les sensations qu'elles font éprouver en général, et ce qu'elles présentent d'anormal : éruptions, dartres, taches, sueurs, prurit, picotemens, cuissons, etc.

24°. *Appétit vénérien.*

Excitation, éloignement, dégoût pour l'appétit vénérien ; pollutions, faiblesse de la puissance génitale.

25°. *Règles.*

Trop hâtives, trop tardives ; trop fortes, trop faibles, supprimées ; donnant un sang trop épais, très-rouge, noir, pâle, clair, fétide. Écoulement sanguin hors le temps; l'eucorrhée ou fleurs blanches.

Peu de temps avant les règles.

Peu de temps après.

Incommoditées qui accompagnent la leucorrhée, et nature de cet écoulement.

26°. *Respiration.*

Haleine fétide, putride : respiration haletante, sibilante, bruyante, gênée, courte, profonde; accès d'asthme, de suffocation, oppression.

27°. *Toux.*

Toux sèche, toussottement. Toux avec expectoration; sourde, profonde, creuse, spasmodique, haletante, titillante, avec vomissement; qui repond dans la tête.

Expectoration facile ou difficile de crachats plus ou moins abondans, muqueux, purulens, sanguinolens, blancs, jaunes, verts, gris, d'un goût fade, doux, amer, salé, putride, d'odeur fétide.

Dire qu'elles circonstances extérieures provoquent la toux et à quelle heure du jour elle est plus intense.

28°. *Larynx, trachée, extérieur du cou,*

Désigner exactement la nature des douleurs et des sensations qu'on y éprouve.

29°. *Membres.*

Qu'elle espèce de sensations ; affectent-elles l'épaule, le bras, l'avant-bras, la main, les doigts, les articulations de l'épaule, du coude, de la main, des doigts, de la hanche, du genou ; les cuisses, les jambes, les pieds ? Se font-elles sentir à la peau, dans les chairs ou dans les os ?

30°. *Affections et symptômes généraux.*

On dira si les douleurs sont térébrantes. brûlantes, pressives, déchirantes, lancinantes, fouillantes, tractives, tensives, incisives, etc. ; s'il y a abattement, faiblesse, lassitude, courbature, douleur de meurtrissure, varices, tremblement, chancellement, défaillance ; attaques d'épilepsie, de crampes, de paralysie; insensibilité, dispositions à se refroidir facilement, convulsions, etc., et l'on décrira le commencement, la marche et la terminaison de ces phénomènes.

31°. *Affection des glandes.*

Désigner la nature des sensations et indiquer si les glandes sont tuméfiées, enflammées, suppurantes, endurcies; le lieu où elles sont placées.

32° *Maladies de la peau.*

La nature des sensations; comme titillations, fourmillement, corrosion, mordication, brûlement, lancination.

33°. *Sommeil et rêves.*

Indiquer si l'on s'étend, si l'on baille, s'endort tard, se reveille pendant la nuit; si l'on éprouve de l'insomnie et s'il y a somnolence pendant le jour. Ce qu'on éprouve en s'endormant, pendant le sommeil, en s'éveillant et ce qui empêche de dormir.

A-t-on des rêves fréquens, anxieux, chagrinans, effrayans, dégoûtans, confus, voluptueux.

34°. *Fièvre.*

Froid extérieur, intérieur, d'un seul côté.

Frisson extérieur, intérieur; qui fait trembler.

Chaleur extérieure, intérieure, brûlante, sèche, moite.

Sueur froide, chaude, fréquente, peu abondante; dire l'odeur qu'elle exhale.

Les symptômes accessoires qui accompagnent les phénomènes précédens.

35°. *Momens de la journée.*

Dire si les douleurs et les sensations maladives qu'on éprouve ont lieu le matin, avant midi, à midi, après midi, le soir, avant minuit, à minuit et après minuit.

36°. *Conditions et circonstances dans lesquels les symptômes se développent, s'aggravent ou s'améliorent.*

Par le repos ou le mouvement; couché, assis,

debout, promenade à cheval, en voiture, à pied ;
la chaleur, le froid, le grand air, l'air de la chambre. Les différentes sortes d'alimens et de boissons.
Le toucher, la nudité de la partie malade, l'é-
chauffement, le boire et le manger en général,
les émotions, l'humidité ou la sécheresse de la
température, l'orage, la lumière naturelle ou
artificielle.

Plus le tableau de la maladie sera clair et
complet, plus le choix du médicament qui doit
guérir est sur et facile.

De l'usage des médicamens Homœopathiques.

On sait que les divers agens avec lesquels l'homme est en rapport, agissent sur lui, de deux manières opposées ; les uns, et ce sont les alimens de
nature amie, bienfaisante, sont appropriés à ses
besoins de nutrition.

Il se les assimile, et par ce moyen répare les
pertes journalières que l'exercice de la vie fonctionnelle lui fait éprouver.

Les autres ne possèdent aucune qualité qui
soit en harmonie avec ses besoins d'alimentation,
leur mode d'action étant au contraire hostile
à sa nature, et éminemment perturbateurs de
ses fonctions vitales. Aussi le principe conser-
vateur qui réside en lui se révolte-t-il contre

eux dès qu'il a ressenti leur impression. On les appelle médicamens.

Si, par exemple, une tasse de lait est ingérée, l'estomac reçoit avec une sensation de plaisir et de bien être ce breuvage nourricier ; ses vaisseaux absorbans, le sucent, le pompent, l'élaborent et le portent vers le centre de la circulation, où il s'unit au sang pour le restaurer.

Mais, si, au lieu du lait, on fait pénétrer dans l'estomac un liquide émétisé, ou tout autre médicament, la scène est bien différente : cet organe éprouve du malaise, de la souffrance, et le plus souvent il se contracte pour se délivrer, par le vomissement, de cette présence ennemie.

Admettons maintenant qu'un miasme morbide ait été absorbé : le principe vital, en ressentant son action malfaisante, réagira aussitôt contre lui, et s'efforcera de s'en débarrasser en donnant naissance aux phénomènes divers qu'on observe dans les maladies, qu'on appelle des symptômes, et qui varient en raison de la cause morbide et de l'idiosyncrasie, ou tempérament particulier du malade.

Dans tout état pathologique il y a donc action d'un côté de la part de la cause de maladie, et réaction de l'autre en faveur de la guérison de la part du principe vital.

La médecine allopathique méconnaissant ces

4

efforts salutaires, et prenant les effets pour la cause, les combat par des moyens appropriés à ce but. *Contraria, contrariis.*

L'homœopathie, au contraire, se propose de les favoriser, en les régularisant par l'emploi d'a-gens médicamenteux doués de la propriété de dé-velopper dans l'organisme vivant des phénomènes analogues, semblables à ceux par lesquels le prin-cipe de vie manifeste sa réaction. *Similia similibus.*

L'allopathie est donc éminemment pertuba-trice dans sa méthode de traitement; aussi est-elle forcée d'administrer des doses énormes de médicamens; tandis que l'homœopathie, n'ayant qu'à soutenir et favoriser des efforts de salut déjà commencés, n'a besoin que de doses médica-menteuses infiniment petites.

« Si l'homœopathie donnait ses médicamens d'a-» près les principes de l'ancienne école, dit le » docteur Jahr, si elle administrait l'émétique » pour exciter des vomissemens, la rhubarbe et » le séné pour purger, rien ne serait plus ridicule » que ses globules; mais comme dans sa médica-» tion elle a seulement en vue de provoquer et » d'aider à la *réaction* les organes affectés, en » leur communiquant une légère impression ana-» logue à celle que donne la maladie, il est facile » de comprendre que la dose sera toujours assez

» forte pour remplir ce but. Souvent même la gué-
» rison sera d'autant plus prompte et plus facile,
» que la dose sera plus faible ; car, impressionné
» trop vivement par une forte dose, l'organe ma-
» lade aurait plus de peine à réagir contre le mé-
» dicament, et, on le sait, c'est la réaction qui
» doit guérir. »

Une question fort importante a pendant long-
tems divisé les médecins homœopatistes ; c'est
celle de la répétition des doses. Hahnemann s'y
opposait, mais il a fini par en reconnaître la nécessité. Il a été toutefois posé en principe : *De ne*
» *faire jamais usage que des plus petites, et surtout*
» *de ne jamais en administrer une seconde avant*
» *que la réaction de l'organisme contre la première*
» *ne soit épuisée ;* car il serait à craindre que, si,
» pendant que l'organisme réagit contre le médi-
» cament, on troublait ce mouvement salutaire
» par de nouvelles impressions, en continuant
» d'administrer le même, la réaction ne s'arrê-
» tât, ou même n'eût pas lieu du tout, et que le
» mal ne fît que s'aggraver. »

Ainsi donc, il résulte de ce qui précède, que
le malade, soumis à un traitement homœopathique, doit prendre chaque jour, le matin une heure
au moins avant le repas, une petite dose médicamenteuse jusqu'à ce que l'impression de cette

dose se fasse sentir, et, tout aussitôt, s'arrêter là.
Après un temps très-court, si la dose n'a eu juste
que ce qu'il fallait pour agir doucement, beaucoup
plus long, si ayant été répétée trop de fois elle
a trop vivement excité, la réaction s'opérera , et
la maladie perdra de son intensité. Tant que cette
amélioration durera, il faudra la respecter et s'abstenir absolument du médicament ; mais, lorsque
après un laps de temps indéterminé, la réaction
ayant cessé, la tendance des symptômes à reve-
nir à leur premier état annonce que la cause de
maladie n'est pas détruite, on reprend l'usage du
même médicament, à dose moins forte toutefois,
et plutôt interrompue. Si cette recrudescence
de l'état morbide se présente sous un nouvel aspect, le malade consultera son médecin, qui lui
donnera un autre médicament en rapport homœopathique avec le caractère actuel de sa maladie.

Telle est la conduite qu'on doit tenir, et les
précautions dont il faut user en suivant un traitement homœopathique contre les affections chroniques.

Dans les cas de maladies aigues, la répétition
des doses doit se faire beaucoup plus souvent;
mais alors, le médecin visitant chaque jour le
malade, elle a lieu sur son indication précise et

sous sa surveillance, et, par ce motif, il devient inutile d'en parler.

Il arrive quelquefois dans le cours des maladies chroniques qu'un médicament homœopathique ayant produit du bien, l'amélioration, après plus ou moins de durée, cesse tout-à-coup, et que le mal paraît se reveiller avec son intensité première ; mais il ne faut pas se presser de recourir à une seconde dose médicamenteuse, car ce n'est souvent là qu'une aggravation éphémère qui dure à peine deux ou trois jours, après lesquels un mieux être plus grand se fait sentir. Il semble qu'alors la maladie ait fait effort pour se raviver, et que le médicament, dont l'action n'était pas épuisée, en ait encore triomphé. Le malade doit dans ce cas savoir supporter patiemment ce retour de ses souffrances, et ne reprendre la médication que lorsque, les voyant se prolonger, il ne peut plus espérer d'en être délivré sans le secours d'une nouvelle prise de médicament.

Il est vraiment digne de remarque que la critique ne se soit guère exercée jusqu'à présent que sur la petitesse des doses médicamenteuses qu'emploie la doctrine d'Hahnemann; mais aussi comme elle a donné carrière à sa verve que l'esprit et le bon goût n'inspirèrent pas souvent? Si elle eût d'abord étudié la pathogénésie des médica-

mens et les conditions sous lesquelles leur action
thérapeuthique se manifeste, combien n'aurait-elle
pas agi plus prudemment, et quel avantage n'en
serait-il pas résulté pour la science ? Tant de mi-
sérables sarcasmes et de pitoyables jeux de mots
qui ne prouvent rien, sinon l'esprit creux et léger
de leurs auteurs, n'auraient pas vu le jour, et les
homœopathes auraient utilisé pour le progrès de
l'homœopathie un temps précieux qu'ils ont
été forcés d'employer à sa défence. En résumé ,
qu'est-ce qu'ont été toutes ces attaques ? *Voces,
voces, prœtereaque nihil.* Quel résultat ont-elles
donné ? Le silence et la confusion de ceux qui
les ont exercées.

Il ne pouvait pas en être autrement, car la
vérité finit toujours par triompher de l'erreur. En
effet, les globules homœopathiques sont si loin
d'être sans propriétés médicamenteuses que,
pour s'en convaincre, il ne faut que les expérimenter *convenablement*, ce que leurs adversaires
n'ont jamais voulu ni su faire ; et que, chez certains malades très-impressionnables , le médecin
éprouve quelquefois de l'embarras à diminuer
leur énergie et à l'établir à un degré qui soit
exactement en rapport avec la sensibilité de celui
qui les prend.

Le 10 mars 1843 je fus appelé à Tessy chez

M. Godard, pour voir sa petite fille, enfant de six ans environ, d'une intelligence précoce et d'une sensibilité très-développée. Depuis quatre jours elle éprouvait des vomissemens continuels qu'aucun des moyens mis en usage n'avait pu calmer. La pulsatille me paraissant être dans ce cas le médicament homœopathique, j'en fis dissoudre 2 globules 30° att., de la grosseur chacun d'une graine de pavot, dans trois quarts de verre d'eau dont je fis prendre plein une cuiller à café. Quelques minutes après la petite malade devint plus agitée, plus irritable et fit quelques efforts de vomissement; mais, au bout d'une heure, le calme se rétablit, et le reste de la nuit fut bon, sans que l'envie de vomir lui soit revenue.

Si la dose de médicament eût été plus faible, l'aggravation, qui eut lieu immédiatement après la prise, aurait été évitée, et la guérison également obtenue.

J'ai cité ce fait parce qu'il s'est passé en présence de deux de mes honorables confrères, hommes de savoir, de loyauté et d'une grande expérience, qui, quoique ne suivant pas la doctrine nouvelle, n'en sont pas moins disposés à accueillir les vérités pratiques qu'elle leur démontrera. A l'ignorence seul le privilège de l'intolérance, et le sot orgueil de croire qu'elle touche aux limites des

connaissances humaines, et qu'il n'existe rien à
connaître au de-là du point d'arrêt qu'elle s'est
donné.

L'homœopathie, ai-je dit, assigne pour origine
aux sept huitièmes des maladies chroniques une
gale ou psore cachée dans l'organisme, soit ac-
quise par l'individu même, ou bien reçue par
voie héréditaire ; et elle parvient à les guérir,
lorsqu'elles n'ont pas encore produit dans quelque organe une vaste lésion de tissu. Mais il
ne faut pas croire que cette guérison puisse être
l'œuvre de quelques jours ; plusieurs mois, une
ou deux années sont quelquefois nécessaires
pour l'obtenir radicale. « On n'aura pas de peine
» à comprendre, dit Hahnemann, qu'une ancienne
» affection chronique, dont le miasme primitif a
» eu tout le tems d'introduire ses racines parasites
» jusque dans les replis les plus cachés de l'orga-
» nisme, finit par être tellement indentifiée avec
» la constitution, qu'il ne suffit pas d'un traite-
» ment médical rationnel, d'un genre de vie régu-
» lier, et d'une grande soumission de la part du
» malade, mais qu'il faut encore beaucoup de
» tems et de patience, pour extirper toutes les par-
» ties de cet immence polype dynamique.»

Après avoir pris le médicament, le malade doit
rester au moins une heure bien tranquille, mais

cependant sans dormir, parce que le sommeil retarde l'époque où commence son effet. Pendant cette heure, il évitera toute espèce d'émotion morale, et de contention d'esprit.

La dose de médicament ne doit être prise ni peu de temps avant l'époque où les femmes attendent leurs règles, ni pendant l'écoulement, ni immédiatement après qu'il aura cessé.

« La grossesse, dans tous ses degrés, met si peu » obstacle aux traitemens antipsoriques que, loin » de-là, c'est souvent alors qu'ils deviennent les » plus nécessaires, les plus efficaces. HAHNÉMANN.

» Vers le milieu du traitement, la maladie di- » minuée commence à repasser insensiblement à » l'état de gale lalente ; les symptômes deviennent » de moins en moins saillans, et le médecin at- » tentif finit par n'en plus apercevoir que des » traces, qu'il doit néanmoins poursuivre jusqu'à » leur entière disparition ; car le moindre reste » pourrait être un germe dont le développement » reproduirait un jour l'ancienne maladie. Celui » qui croirait alors la guérison achevée, comme ont » coutume de le faire les personnes de toutes les » classes étrangères à l'art de guérir, se trompe- » rait beaucoup. Avec le tems, et surtout sous » l'influence d'évènemens graves et désagréables, » le faible résidu d'une gale ainsi réduite seule-

» ment à de plus petites proportions, redonnerait
» naissance à une nouvelle maladie chronique,
» qui, peu-à-peu, s'aggraverait d'elle-même sans
» relâche suivant l'usage des affections entretenues
» par un miasme chronique qui n'a point été
éteint. »   *S. Hahn. malad. chr.*

M. Le Page, à Torigni, guérie d'un vaste ulcère
cancéreux du sein par l'homœopathie, a vu deux
fois la cicatrice s'ouvrir et s'ulcérer de nouveau,
et, chaque fois aussi, les globules d'arsénic ont
encore opéré la cicatrisation. Cette tendance de
la maladie à se reproduire annonce que le miasme
psorique n'est pas détruit. Un traitement antipso-
rique complet lui serait donc nécessaire, mais
comment y résoudre une femme qui ne souffre
plus, qui n'éprouve actuellement aucun déran-
gement de santé, et qui d'ailleurs a besoin pour
vivre de son travail journalier ?

Dans le compte rendu qu'un malade éloigné
de son médecin écrit jour par jour, il doit avoir
soin de *souligner* parmi les symptômes de chaque
jour ceux qui reparaissent après avoir été long-
tems sans se manifester ; mais ceux qu'il n'a
point encore éprouvés, et qu'il remarque pour
la première fois, doivent-être marqués de *deux
barres.* Les premiers annoncent que le remède a
pris le mal par la racine, et qu'il avancera beau-

coup la guérison radicale ; Les autres indiquent, quand ils renaissent fréquemment, et toujours de plus en plus prononcés, que le médicament n'a pas été choisi parfaitement homœopathique, qu'il faut le suspendre pendant quelque tems et le remplacer par un autre qui soit plus en harmonie avec l'ensemble des symptômes.

Hahnemann est né à Meissen, petite ville de Saxe. Après s'être livré à la pratique de la médecine pendant une dixaine d'années, il y renonça, mécontent, dit-on, des principes thérapeuthiques alors en honneur et des règles qui en dérivent. Il s'occupa de littérature. Traduisant en 1790 la matière médicale de Cullen, il pensa que les propriétés du quinquina ne devaient pas être celles que cet auteur lui attribue, et l'idée lui vint de l'expérimenter. Il en prit donc, étant en bonne santé, plusieurs gros, qui lui firent éprouver la plupart des symptômes d'une fièvre intermittente, dont cette écorce est, comme on sait, le remède spécifique. Il fut d'abord tout surpris ; mais, rien n'étant perdu pour l'homme de génie dont la haute intelligence féconde et vivifie les germes les plus stériles en apparence, il conclut de cette expérience, et de quelques autres du même genre, que les substances médicamenteuses ne sont aptes à guérir les maladies qu'autant qu'elles jouissent de la propriété de faire naître, chez l'homme en santé, des phénomènes analogues aux symptômes de ces maladies. Ce fut là son premier pas dans la noble carrière qu'il a parcourue et tracée avec autant de gloire que de courage.

Dans les premiers tems qui suivirent sa découverte de la loi des semblables, Hahnémann, encore sous le joug d'anciennes idées, donnait ses médicamens à doses massives, quoique très-faibles. Mais il ne tarda pas à s'apercevoir que souvent leur action trop forte donnait lieu à des aggravations que la réaction vitale avait peine à vaincre. Il les affaiblit donc chaque jour davantage, jusqu'à ce qu'il arrivât à ne faire prendre que la décillionième partie d'une goutte ou d'un grain.

Il a tenté d'expliquer comment une dose de médicament, si minime qu'on est tout d'abord porter à nier son existence, peut déployer autant de puissance contre des états morbides aussi graves que ceux qu'elle est appelée quelquefois à combattre, et dont elle triomphe cependant avec une promptitude qui étonne même les esprits les plus accoutumés à observer ses effets prodigieux. C'était peut-être une faute, car aucunes de ses explications théoriques ne satisfait sous tous les rapports, et la critique s'en est emparée avec quelques succès. Si l'homœopathie

n'a pas succombé, c'est qu'étant une noble et
grande vérité, elle est immuable et indestructible,
et que des futiles et vaines hostilités pouvaient
tout au plus retarder sa marche et l'adoption uni-
verselle de ses principes.

Pourquoi en effet exiger d'elle plus que des
autres sciences? L'allopathie est-elle donc en
droit de se montrer exigeante? Demandez-lui
pourquoi le soufre guérit la gale, et, quelquefois,
les dartres? Le mercure la syphilis, le quinquina
la fièvre? Elle sera muette, absolument muette...
L'homœopathie au moins peut repondre : c'est
en vertu de l'antagonisme vital et médicamenteux; mais elle ne peut aller au de-là, car la
question poussée plus loin rentre dans celle des
causes premières, que nous ignorerons toujours,
et que, du reste, il nous importe peu d'apprendre. Contentons-nous donc de connaître la loi des
semblables et de la réaction du dynamine vital
au moyen de laquelle nous pouvons aujourd'hui
guérir, avec promptitude et sécurité, une foule
de maladies qui n'aguères faisaient notre désespoir, tout en accusant notre impuissance ; et
rendons grâce au génie d'Hahnemann qui nous
a révélé cette loi.

Hahnemann se vit bientôt entouré de quelques
disciples studieux et fervens qui expérimentèrent

avec lui l'action des médicamens sur l'homme
en santé, seul moyen de parvenir à la connaissance exacte de leurs effets purs. Malheureuse-
ment la plupart de ces substances donnent chacune un si grand nombre de symptômes ayant
entr'eux beaucoup de ressemblance, qu'elles sont
fort difficiles à étudier, et que la mémoire la plus
vaste a peine à les retenir. Voilà ce qui pendant
long-tems nuira à l'adoption de l'homœopathie,
et d'où naît en partie le sentiment de répulsion
qu'elle inspire d'abord.

L'Allemagne ayant été le berceau de la nouvelle doctrine devait-être aussi le théâtre des
premières luttes qu'elle aurait à soutenir. Elles
furent longues et acharnées ; mais il ne pouvait
en être autrement, car voit-on jamais l'homme de
génie recueillir, de son vivant, pour prix des
bienfaits dont il dote la société, autre chose que
la haine et la persécution ? Si dans l'antiquité,
Homère et Socrate trouvèrent une Zoïle et un
Anitus, dans les tems modernes les Colomb, les
Galiléc, les Gassendi, les Newton, les Harvey,
les Jenner, les Fulton et les Jacquart eurent
aussi les leurs, et ni l'injustice ni la haine de leurs
contemporains ne leur firent défaut.

Voyez ces vaisseaux, superbes et rapides palais
mouvants, passant devant vos yeux comme de

brillans météores, et poursuivant leur route malgré les vents contraires avec une célérité telle que
pour le voyageur les distances les plus longues
ne sont rien, un seul moteur, puissance immense
que la pensée d'un grand homme a su enchaîner
et diriger à sa volonté, les met en mouvement !
Nous, qui jouissons de cette belle découverte
qui a rapproché les deux mondes, et qui rendons
aujourd'hui un hommage mérité à la gloire de
Fulton, n'oublions pas que nous le regardâmes
il y a trente ans comme un rêveur extravagant ;
et puisse cette leçon nous apprendre à ne pas
éteindre le feu du génie par le mépris et l'indifférence. Mais laissons-le faire lui-même le récit
de ses tribulations : » Lorsque je faisais con-
» struire mon premier bateau à vapeur, le projet
» fut regardé par le public comme une chimère.
» D'un autre côté mes amis étaient polis, mais
» réservés. C'est alors que je compris la force de
» cette plaintive exclamation d'un poète : » *En vain*
» *proclamerez-vous des vérités qui doivent arrêter*
» *la ruine de votre pays ; tous vous éviteront ; au-*
» *cun ne vous aidera.* » Comme j'avais l'occasion
» d'aller et de venir continuellement dans la jour-
» née au chantier où mon bateau était en con-
» struction, je me mêlais, sans être connu, aux
» étrangers qui formaient de petits groupes près

» de-là, et j'écoutais les différentes informations
» qui avaient lieu sur le but de cette nouvelle
» construction. Partout je n'entendais que l'ex-
» pression du ridicule ou du dédain ; chacun riait
» à mes dépends : ici on se moquait amèrement
» de moi ; là on calculait la dépence et les pertes
» que j'allais éprouver : de tous côtés, ces mots
» frappaient continuellement mon oreille : *La fo-*
» *lie de Fulton*. Jamais un simple encouragement,
» la plus légère espérance, un vœu pour mon suc-
» cès, n'étaient prononcés.

    » Enfin, le jour de l'expérience arrivé, le bateau
» marcha un moment, puis il s'arrêta et resta im-
» mobile. Alors, au silence qui avait régné jusque
» là succédèrent les murmures, le mécontente-
» ment, l'agitation, les risées et toutes les mar-
» ques du mépris. J'entendais répéter autour de
» moi. » Je vous l'avais bien dit : c'était un projet
chimérique.... Heureusement ce qui avait arrê-
té le bateau n'était qu'un défaut d'ajustage dans
la machine qui fut réparé, et il fit sans coup férir
le trajet de New-York à Albany. Vous croyez peut-
être que l'opinion devint favorable? c'est une
erreur : *on doutait que l'expérience pût réussir une*
seconde fois.

    L'opinion publique ne fut ni plus favorable ni
plus juste envers Hahnemann. Mais enfin les

succès éclatants que l'homœopathie obtint contre le choléra asiatique (elle guérit depuis 90
jusqu'à 95 malades sur cent), lui concilièrent
un peu de bienveillance , et on daigna lui ac-
corder quelque attention. Plusieurs médecins
l'étudièrent et se convertirent à ses dogmes.

Mais , l'opinion entraînée, dominée un moment par le génie d'Hahnemann , ne tarda pas à
réagir, et les critiques affluèrent de toutes parts.
S'ils déployèrent toute la sévérité d'un Aristarque,
on ne peut pas dire qu'ils usèrent de la même équi-
té, car dans leur polémique passionnée on voit
percer le désir secret d'infirmer plutôt quelques
points de sa doctrine que de la perfectionner. En
proclamant la loi des semblables et de la réaction
vitale , et en prouvant que l'étude des médicamens doit être faite sur l'homme en santé,
vous avez, disait-on , retiré la médecine de l'or-
nière pour la placer dans la bonne voie , et l'hu-
manité vous doit , à ce titre , une reconnaissance
éternelle ; mais là s'arrêtent vos services , car la
30° atténuation, que vous donnez comme dose
normale, n'est pas suffisante , quoique nous re-
connaissions ses effets. Les atténuations qui se
rapprochent le plus de l'unité guérissent mieux.
Et puis vous voulez que dans le choix du médicament on soit dirigé par la plus grande similitude

5

possible de ses effets pathogéniques avec les symptômes de la maladie : c'est encore une erreur
qui complique sans utilité l'étude de la matière
médicale et la hérisse de difficultés. Ne suffit-il
pas, en effet, de connaître le caractère général
et d'analogie du médicament et du cas morbide ? Il faut, en un mot, agir par voie de
spécificité, ce qui est beaucoup plus simple et
plus facile. Hahnemann protesta contre cette
dérogation aux principes de sa doctrine et vint
habiter Paris en 1835.

Les homœopathes Allemands se divisèrent en
deux camps : Les *puristes*, d'un côté, fidèles à la
doctrine du fondateur, et, de l'autre, les nova-
teurs connus sous le nom de *libéraux*.

Le tems et l'expérience ont donné raison à
Hahnemann, contre la secte dissidente, qui a fin
par se rallier en grande majorité.

Le nombre des médecins homœopathistes s'est
beaucoup accru depuis quelques années, et chaque jour voit s'éclaircir les rangs de leurs adversaires par la conversion des médecins aux principes
de la nouvelle école. Allez en Amérique, en
Espagne, en Italie, en Russie, en Pologne,
en Allemagne, en Angleterre, en France, et
partout vous trouverez des sociétés de médecine
homœopathique ; de sorte qu'on peut répéter,

avec plus de raison que jamais, ce que disait,
il y a six ou sept ans, un allopathe des plus
distingués, le célèbre Brera. Après avoir parlé
des progrès incessans que l'homœopathie faisait
sur les divers points du globe, Brera disait:
«Quoiqu'elle soit décriée par les uns comme
» inutile, par les autres comme bizarre, et que
» beaucoup la trouvent absurde, cependant on
» ne peut méconnaître qu'aujourd'hui elle tient
» son rang dans le monde savant, tout aussi bien
» que d'autres doctrines. Elle a ses livres, ses
» journaux, ses chaires, ses hopitaux, ses cli-
» niques, ses professeurs et son public. Bon gré,
» malgré, ses ennemis eux-mêmes doivent l'ac-
» cueillir dans l'histoire de la médecine, car sa
» position actuelle le commande. Puisqu'elle a
» su conquérir elle-même ce rang, on ne peut pas
» la mépriser, et elle mérite un examen impartial.
» Ce qui la rend surtout digne de considération,
» c'est qu'elle ne propage pas d'erreurs directement
» nuisibles; *malheur au médecin qui croit qu'il ne*
» *pourra pas apprendre demain ce qu'il ignore au-*
» *jourd'hui!* N'entendons-nous pas tous les jours
» des plaintes sur l'insuffisance et l'incertitude de
» la médecine? Et ne sont-ce pas précisément les
» médecins les plus instruits, ceux qui réussissent
» le mieux dans la pratique, qui savent douter de

» la solidité de leurs connaissances? Ce sentiment
» dirigeait sans doute la plupart des médecins al-
» lemands qui se sont mis à étudier l'homœopathie,
» lorsqu'ils ont triomphé de la répugnance qu'elle
» leur inspirait.»

Oui, sans doute, il a fallu être pénétré de
l'insuffisance de la médecine allopathique contre
un grand nombre de maladies pour entreprendre
des études nouvelles, et du courage pour se sé-
parer ensuite de ses confrères, s'isoler en quelque sorte, afin de ne pas rénier sa conviction et
sa conscience. Combien d'hommes d'honneur
n'ont pas dû faire ce sacrifice, aggrandi encore
par la connaissance qu'ils avaient du système de
dénigrement et de calomnie mis en usage contre
les partisans d'Hahnemann? Car ceux qui n'écri-
vent que des recettes bâties sur des hypothèses,
ne veulent cependant ni accueil, ni tolérance
pour les homœopathes. Parce que leur vieille médecine de deux mille ans ne tombe pas encore en
lambeaux; beaucoup ne croient point à la pos-
sibilité d'une doctrine nouvelle qui soit préféra-
ble. D'autres se trouvent trop bien de leur position pour vouloir un changement, et d'autres
enfin, par la précipitation de leur blanc fanatique,
se sont fermé toute voie à la résipiscence. A tous
donc il manque le désir, ou la force, ou la voca-

tion pour vaincre la répugnance que le nouveau inspire, et pour étudier à fond ce qu'il est plus facile de blâmer et de condamner aveuglément. Toutefois, ces reproches ne sauraient s'adresser aux honorables allopathes qui, satisfaits du résultat qu'ils obtiennent par la manière simple et prudente avec laquelle ils traitent leurs malades, sont détournés, par les exigences d'une vaste pratique et par leur âge, de se livrer à une étude qui exigerait un temps qui leur manque. Ils les concernent d'autant moins que c'est parmi eux qu'on trouve les juges les plus modestes et les plus tolérants de la nouvelle doctrine et de ses disciples.

Tous les doutes qu'on a élevés jusqu'à ce jour contre l'homœopathie sont, ou des généralités perdues dans le champ immense des raisonnemens, ou de pauvres chicanes sur les explications théoriques de Hahnemann, explications auxquelles ni le fondateur, ni les partisans d'une doctrine dont l'expérience a fourni les bases, et continue de donner les matériaux, n'accordent qu'une importance très-secondaire. Mais personne n'a encore démontré que tel ou tel médicament ne produit pas réellement les effets que les homœopathes ont reconnu être les résultats de son action sur l'homme bien portant, et qu'il n'exerce point une influence curative dans les maladies dont les phénomènes ont du rapport avec les siens. En un mot le principe sur lequel repose leur application n'a pas été réfuté, et il ne le sera jamais. Une foule de prétendus critiques se sont attaqués aux choses accessoires, dont ils ont voulu faire le point capital, afin de pouvoir, par cette manœuvre mensongère et honteuse, accabler la doctrine qu'ils détestent ; et ils se sont mis l'esprit à la torture pour lancer sur elle et son fondateur l'injure et le sarcasme, à défaut d'armes loyales pour la combattre. C'est ainsi qu'on a publié des pamphlets ayant pour titre le *Tombeau de l'Homœopathie*, comme on dit : le cirage français tombeau du cirage anglais, et qu'on la qualifiait tantôt de *scélérate* et tantôt d'*innocente* ; il faut cependant opter entre ces deut qualifications.

ERRATA.

Page 7, ligne 17, au lieu de *qu'en* esprit, lisez *qu'un* esprit.

Page 8, ligne 22, au lieu de *l'éclectisme*, lisez *l'éclectisme*.

id. 23, id. 11, id. *psorifiques*, id. *psoriques*.

id. 24, id. 16, id. *interne*, id. *intime*.

id. 25, id. 15, id. *phrases*, id. *phases*.

id. 26, id. 11, id. *méditation*, id. *médication*.

id. 26, id. 13, id. *patologiques* id. *pathologiques*.

id. 28, id. 7, id. *se vissant*, id. *sévissant*.

id. 29, id. 7, id. *censé*, id. *sensé*.

id. 60, id. 18, id. *parler*, id. *parlé*.